초대장 주는 아이

상상도서관은 무한한 상상력을 열어 주는 책들이 가득한 우리들의 도서관입니다.
누구나 언제든 놀러 와 상상의 나래를 맘껏 펼칠 수 있어요.

상상도서관 2

초대장 주는 아이 —제12회 푸른문학상 수상작

초판 1쇄 2015년 1월 20일 | **초판 2쇄** 2017년 5월 30일
지은이 김경숙 **그린이** 원유미 **펴낸이** 신형건
펴낸곳 (주)푸른책들 **등록** 제321-2008-00155호
주소 서울특별시 서초구 양재천로7길 16 푸르니빌딩 (우)06754
전화 02-581-0334~5 **팩스** 02-582-0648
이메일 prooni@prooni.com **홈페이지** www.prooni.com
카페 cafe.naver.com/prbm **블로그** blog.naver.com/proonibook

ⓒ 김경숙, 원유미, 2015

ISBN 978-89-5798-480-2 74810

*잘못된 책은 구입한 곳에서 바꾸어 드립니다.
*이 책 내용의 일부 또는 전부를 재사용하려면 반드시 저작권자와
(주)푸른책들 양측의 서면 동의를 얻어야 합니다.

이 도서의 국립중앙도서관 출판시도서목록(CIP)은 서지정보유통지원시스템 홈페이지(http://seoji.nl.go.kr)
와 국가자료공동목록시스템(http://www.nl.go.kr/kolisnet)에서 이용하실 수 있습니다.
(CIP제어번호 : CIP2014034547)

초록우산 (주)푸른책들은 도서 판매 수익금의 일부를 초록우산 어린이재단에 기부하여
어린이들을 위한 사랑 나눔에 동참합니다.

초대장 주는 아이

김경숙 장편동화 | 원유미 그림

푸른책들

차 례

1. 초대장

은행나무가 날마다 더 짙은 노랑으로 옷을 갈아입을 무렵이었다.

4학년 3반 담임 선생님이 한 여자아이를 데리고 교실로 들어섰다. 선생님이 아이들에게 말했다.

"오랜만에 전학 온 친구가 있네. 이름은 홍미령이야. 다들 사이좋게 지내렴. 자, 미령이는 친구들한테 인사하자."

미령이는 환하게 웃으며 아이들을 둘러봤다.

"안녕. 만나서 반가워."

선생님은 미령이를 창기 쪽 모둠의 빈자리에 앉게 했

다.

미령이는 자리에 앉으며 한 모둠 아이들에게 미소를 지어 보였다. 하지만 모둠 아이들은 아무도 미령이와 눈을 맞추지 않았다. 맞은편 자리의 남자아이만 미령이를 흘끔거리다 제풀에 놀라 멋쩍은 표정을 지었다. 그 아이의 이름은 준수였다.

쉬는 시간에는 준수 옆에 앉은 여자아이가 미령이에게 말을 걸어왔다.

"난 김은채야. 너 어디에서 전학 왔어?"

은채는 미령이의 대답을 듣지도 않고 또다시 물었다.

"어디 살아?"

미령이가 손가락으로 창밖을 가리켰다. 창밖 너머로 반쯤 잘려 나간 매구산과 텅 빈 집들이 보였다.

"매구동? 저기 재개발 지구잖아. 거기 살던 애들은 다 이사 갔는데."

미령이 옆에 앉은 하루가 불쑥 끼어들었다.

"거긴 몽땅 비었잖아."

미령이는 시무룩한 표정으로 고개를 끄덕였다. 그러자

은채가 불쑥 목소리를 높였다.

"진짜 재개발 지구에 살아?"

그 말에 주위로 몰려왔던 아이들이 순식간에 싹 흩어졌다. 그 뒤로 미령이한테는 '재개발 지구 아이'라는 꼬리표가 붙었다. 아무도 미령이에게 말을 걸어오지 않았다.

며칠 후, 미령이는 손에 든 초대장을 내려다보고 있었다.

친구들아, 우리 집에 놀러 와!

토요일 열한 시

재미있고 신기한 이야기 하나씩 들려주기!

옆에 앉은 하루가 미령이 손에 들린 초대장을 보고 물었다.

"우리를 초대하려고?"

"응. 내가 전학 온 지 얼마 안 돼서 아무하고도 친해질 시간이 없었잖아. 토요일에 우리 모둠 친구들 모여서 다 같이 놀자."

미령이네 모둠은 네 명이었다. 아이들이 말하기를 이번에 자리를 정할 때 담임 선생님은 친한 친구들끼리 앉아도 좋다고 허락했다는 것이다. 주변이 재개발 지구라 많이들 전학을 가서 교실에 남은 아이들이 얼마 되지 않았기 때문이다. 아이들은 좋아하며 끼리끼리 모여 모둠을 이루었다.

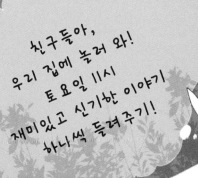

친구들아,
우리 집에 놀러 와!
토요일 11시
재미있고 신기한 이야기
하나씩 들려주기!

그러자 어느 모둠에도 끼지 못한 아이들이 남았다. 준수랑 은채, 하루였다. 그 아이들이 하나의 모둠을 이루었다. 거기에 미령이가 보태진 것이었다.

미령이랑 하루가 나누는 이야기를 듣던 은채가 초대장을 채 갔다.

"와, 초대장까지 만들었어? 근데 재미있고 신기한 이야기는 뭐야?"

미령이는 하루와 준수한테도 초대장을 나누어 주며 대꾸했다.

"내가 그런 이야기를 좋아하거든. 재미있을 거 같지 않니?"

준수가 손뼉을 치며 맞장구쳤다.

"좋은 생각이다."

하루가 들릴 듯 말 듯한 목소리로 중얼거렸다.

"그 동네 분위기 별론데……."

은채가 하루를 흘겨보며 핀잔을 주었다.

"그럼, 넌 오지 마."

점심시간이 끝나는 종소리가 울리자, 미령이는 세 아이

들에게 말했다.

"토요일 열한 시에 학교 앞으로 와. 기다리고 있을게."

2. 빈집

토요일 오전 열한 시, 미령이는 약속대로 학교 앞에서 아이들을 기다리고 있었다.

회색 크로스 가방을 멘 준수가 가장 먼저 나타났다. 준수 뒤로 하루랑 은채가 보였다. 미령이는 반가워서 손을 높이 들고 흔들었다.

미령이는 아이들을 데리고 집으로 향했다. 재개발 지구의 골목 입구로 들어서자 노란 띠가 아이들의 앞을 막아섰다. 노란 바탕에 '들어가지 마시오.'라고 쓰인 빨간색 글씨가 또렷했다. 아이들은 움찔하며 뒤로 한 발짝 물러났다. 미령이는 아무렇지도 않은 듯 노란 띠를 들어 올리고 골목 안으로 들어섰다. 그러자 아이들도 미령이 뒤를 따라갔다. 골목길에 아이들의 발자국 소리가 자박자박 울렸다.

은채가 부러 큰 소리로 물었다.

"왠지 <u>으스스</u>하다. 진짜 집에 아무도 없니?"

"응."

미령이는 조그맣게 대답했다. 그러고는 다 쓰러져 가는 집들이 줄지어 있는 길로 거리낌 없이 걸어갔다. 길가의 집들은 문이 열린 채 어두컴컴하고 휑한 속 모습을 그대로 드러냈다. 그 속은 온갖 잡동사니로 어지럽게 널브러져 있었다. 잔뜩 구겨져서 버려진 종이상자, 먼지가 가득 쌓인 채 나뒹구는 의자, 크고 작은 나무토막, 빈 음료수 통, 곰팡이가 까맣게 뒤덮인 벽……. 어디선가 퀴퀴한 냄새가 풍겨왔다. 조각조각 깨진 유리창은 괴물의 이빨처럼 뾰족뾰족했다. 쩍쩍 갈라진 시멘트 바닥 틈새에서 무성하게 자라난 이름 모를 풀들이 아이들을 순식간에 옭아맬 것 같았다.

은채는 골목 양쪽의 집들을 힐끔거리며 굳은 표정으로

물었다.

"어휴, 오싹해. 진짜 이 집들에 아무도 안 사니?"

"응."

미령이는 짧게 대답했다.

"어휴, 이런 데서 어떻게 살아?"

은채의 말에 미령이의 표정이 굳어졌다.

"사정이 생겨서 지낼 곳이 없어졌어. 그래서 이리로 이사 온 거야. 여기에서 살아도 좋은 점 많아. 시끄럽게 떠들어도 아무도 뭐라고 안 하거든."

맨 뒤에서 따라오던 하루가 혼잣말처럼 중얼거렸다.

"길고양이가 다니나 봐. 발자국이 많이 찍혀 있어."

얼마 걷지 않아 은채가 투정을 부리듯 물었다.

"아직 멀었어?"

"다 왔어. 저기야!"

미령이가 가리키는 곳을 본 아이들은 놀라서 우뚝 멈춰섰다. 원래는 붉었지만 낡고 삭아서 어둡게 변한 기와지붕이 보였기 때문이다. 지붕 위로 우중충한 풀들이 귀신의 머리카락처럼 길게 늘어져 있었다.

비좁은 문으로 들어서자 집 안은 밖에서 볼 때랑 전혀 딴판이었다. 깔끔하고 널찍했다. 가구도 최신식이었고, 방금 청소를 끝낸 듯 집 안은 먼지 한 톨 없이 반짝반짝 빛났다. 집 안 어디선가 향긋한 냄새가 풍겼다. 아이들은 눈이 휘둥그레져서 주위를 둘레둘레 살폈다. 방 한가운데 놓인 상 위에는 과자랑 음료수가 가득 차려져 있었다.

　은채는 상 앞으로 덥석 다가들어 요란스럽게 과자 봉지를 뜯었다.

　"난 피자 좋아하는데."

　"먹을 거 많잖아? 이것도 다 못 먹겠다."

　준수가 어이없어하며 손을 내저었다. 그러자 초콜릿 과자를 입에 가득 문 은채가 준수한테 눈을 흘겼다.

　미령이가 어깨를 으쓱하더니 밖으로 나갔다 돌아왔다. 미령이의 손에는 피자 상자가 들려 있었다.

　"자, 여기 피자."

　은채랑 준수는 갑자기 생긴 피자에 어리둥절해져서 서로를 마주 봤다. 피자는 금방 구워진 듯 따끈따끈했다. 은채가 피자 한 소삭을 뜯어내사 하얗고 뜨거운 치즈기 길

게 늘어났다.

은채는 피자를 입에 한가득 물고 쩝쩝거렸다. 그러자 은채의 입 안에 있던 피자 덩어리가 튀어나왔다.

준수가 소리를 버럭 질렀다.

"김은채. 입 안에 있던 게 다 나오잖아. 더럽게!"

"더럽긴 뭐가 더러워. 깔끔한 체하기는!"

은채가 혀를 쏙 내밀었다.

미령이는 야릇한 미소를 띤 채 둘이 티격태격하는 모습을 가만히 지켜보았다. 하루는 못마땅한 듯 고개를 설레설레 저었다. 같은 모둠이기도 하고 할 일도 없고 해서 따라온 건데 은채랑 준수가 아웅다웅 다투는 모습을 보자 괜히 왔나 싶은 생각이 들었기 때문이다.

하루가 문득 생각났다는 듯 물었다.

"근데 재밌고 신기한 이야기는 준비해 온 거야?"

"야, 그냥 놀면 되지 뭐."

은채는 시큰둥하게 대꾸하며 준수에게 물었다.

"김준수. 넌 준비해 왔냐?"

"음, 사실은 일나 전에 우리 집에 진짜 신기한 일이 있었어."

"그래? 그럼, 먼저 시작해 봐."

은채의 대꾸에 준수가 아이들을 둘러보며 이야기를 시작했다.

"그러니까 한 달 전, 금요일이었어⋯⋯."

3. 여우 반지
-준수 이야기

　학원에 가기 전, 나는 엄마한테 야단을 맞고 있었다. 엄마는 못마땅한 눈길로 나를 내려다보며 한숨을 내쉬었다.

　"김준수. 숙제를 지금 하고 있니? 어제 다해 놓았어야지."

　엄마는 허리에 손을 얹고 목소리를 높였다.

　"그리고 머리 색깔이 그게 뭐니! 빨강 파랑 노랑 보라…… 대체 몇 가지 색이야? 그러게 엄마가 한 가지 색으로만 하자고 했었잖아."

　엄마는 숨도 쉬지 않고 잔소리를 늘어놓았나. 그러고

나서 빨리 학원에 가라며 나를 재촉했다.

집을 나서는데 엄마의 카랑카랑한 목소리가 쥐어박는 것처럼 날아왔다.

"가죽옷 입고 다니기엔 아직 이른 것 같다."

나는 차마 말대꾸를 하지 못한 채 속으로만 중얼거렸다.

'치이, 내 옷이 어떻다고 그래.'

밖으로 나오자마자 가방에서 꺼낸 손거울로 머리를 들여다봤다.

엄마를 졸라 미용실에 가서 염색을 했을 땐 기분이 날아갈 것 같았다. 그런데 엄마가 내 머리를 보고 소스라치게 놀라 다시 검은색으로 물들이자고 고집했다. 나는 머리가 마음에 들었기 때문에 염색을 다시 하지 않으려고 달아나듯 미용실을 뛰쳐나왔다.

학원으로 걸어가는 내내 못마땅하게 나를 내려다보던 엄마의 눈빛이 떠올랐다. 엄마는 나한테 간섭이 너무 심하다. 가죽 잠바만 해도 그렇다. 내 가죽 잠바는 지금 입기에 딱이다! 염색한 머리랑도 잘 어울리고.

나는 기분이 나빠서 계속 툴툴거렸다.

"나도 엄마가 옷 입는 거 하나도 마음에 안 들어. 엄마는 다 엄마 마음대로면서. 칫, 엄마 따위 없어졌으면 좋겠어!"

그때 누군가 내 어깨를 툭 쳤다. 생각에 빠져 있던 나는 깜짝 놀라 얼른 뒤를 돌아봤다.

쭈글쭈글 얼굴에 주름이 가득한 할머니 한 분이 나를 쏘아보고 있었다. 할머니는 움찔 놀라는 나를 보며 히죽 웃었다. 할머니의 앞니 빠진 잇몸이 고스란히 드러났다. 이가 빠져 텅 비어 버린 자리가 마치 동굴 입구처럼 캄캄했다. 나도 모르게 뒤로 한 발 물러섰다. 할머니의 번뜩거리는 눈빛과 야릇한 웃음이 아주 기분 나빴다. 빨리 달아나고 싶었다. 하지만 어찌된 셈인지 발이 떨어지지 않았다. 힘이 센 사람이 양 옆에서 내 다리를 꽉 잡고 있는 것처럼 도무지 한 발짝도 뗄 수 없었다.

할머니가 내 앞으로 바싹 다가왔다.

"놀랄 것 없다. 뭐 좀 하나 물어보려고 그래. 매구산으로 가려면 어느 쪽으로 가야 하니?"

나는 얼떨결에 매구산 쪽을 가리켰다.

할머니는 내가 가리키는 쪽을 쳐다보지도 않은 채 말했다.

"길을 가르쳐 줘서 고마운데 어쩌나……. 그래 어쨌든 선물을 하나 주마!"

할머니가 벌쭉 웃는데, 등에 오소소 소름이 돋았다.

할머니는 내 얼굴에서 눈길을 떼지 않은 채 스웨터 주머니를 뒤적거렸다. 나는 손을 내저으며 괜찮다고 말했지만 할머니는 전혀 듣고 있는 눈치가 아니었다. 어느새 할머니는 주머니에서 꺼낸 무언가를 막무가내로 내 손에 쥐어 주었다.

되돌려 주려고 고개를 들었는데 할머니가 보이지 않았다. 주위를 둘러봤지만 아무도 없었다. 꿈을 꾼 것만 같았다. 그때 손에 무언가 잡히는 느낌이 들었다. 나는 손바닥을 좍 폈다.

작은 반지 하나가 놓여 있었다.

반지에는 여우 모양의 장식이 붙어 있었다. 한가운데 박힌 여우 눈이 번쩍번쩍 빛났다. 새빨간 눈동자를 가만

히 바라보자 어쩐지 오싹했다. 그래도 그냥 길에다 버리기에는 아까웠다. 사실 나는 옷뿐 아니라 반지랑 목걸이, 귀걸이 같은 액세서리에도 관심이 많다. 내 책상 서랍 귀퉁이의 보석함에는 아무도 모르게 모아 둔 귀걸이랑 반지, 목걸이가 꽤 있다.

집으로 돌아와서 반지를 책상 위에 올려놓았다. 엄마가 보기 전에 치웠어야 했는데……

저녁에 엄마가 책상 위에 있는 여우 반지를 보고 다짜고짜 물었다.

"반지 어디서 난 거야?"

"선물."

"선물은 무슨. 누가 너한테 반지를 선물로 주니? 더구나 애들 반지도 아니고……. 에휴, 이런 걸 또 어디서 산 거니? 이건 엄마가 갖는다."

나한테 핀잔을 준 엄마가 곧바로 약지에 반지를 꼈다. 엄마가 반지를 낀 순간 나는 깜짝 놀랐다. 엄마가 몸을 부르르 떨었기 때문이다.

잠시 뒤, 엄마는 아무렇지도 않은 척 귀 뒤로 머리카락을 넘기며 빙긋 웃었다. 반지가 무척 마음에 드는 표정이었다. 하지만 귀 뒤로 머리를 넘기는 스타일은 엄마랑 전혀 어울리지 않았다.

"귀 뒤로 넘긴 머리는 엄마한테 잘 안 어울려."

그냥 한 말인데 엄마는 도끼눈을 한 채로 나한테 버럭 소리를 질렀다.

"이런 머저리 녀석!"

엄마가 쾅, 문을 닫고 나갔다. 기가 막혔다. 그렇게까지 화를 낼 줄이야. 반지도 줬는데⋯⋯. 내가 무얼 잘못했는지 곰곰이 생각했다. 생각하면 할수록 억울하고 화가 났다.

다음 날은 토요일인데도 나는 학원에 가야 했다. 내가 가죽 잠바를 입고 거실로 나가자 엄마가 소리를 버럭 질렀다.

"옷차림이 그게 뭐야? 소름 끼쳐!"

엄마의 눈빛이 이글이글 다올랐다. 잠비를 우악

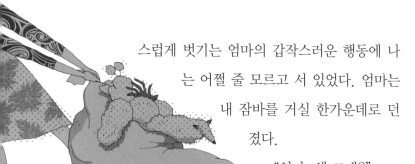

스럽게 벗기는 엄마의 갑작스러운 행동에 나는 어쩔 줄 모르고 서 있었다. 엄마는 내 잠바를 거실 한가운데로 던졌다.

"엄마, 왜 그래?"

엄마는 집안을 뒤져서 밍크코트랑 털목도리, 가죽 옷 등을 모조리 끌어냈다. 그러더니 옷을 한곳에 쌓아 놓고 몸서리를 쳤다.

"모두 없애 버릴 거야!"

"내 옷은 왜 없애? 엄마가 나한테 선물로 사 준 거잖아."

엄마는 내 말을 전혀 듣는 것 같지 않았다. 아니다, 그냥 못 들은 척하는 게 분명했다. 엄마는 커다란 비닐봉지에 옷들을 쑤셔 넣었다. 그러고는 옷이 든 비닐봉지를 질질 끌고 밖으로 나갔다. 내가 있는 힘을 다해 말려도 아무 소용이 없었다. 엄마가 그렇게 힘이 세다는 걸 어째서 그 때까지 몰랐을까? 엄마는 그동안 아끼던 옷들을 모조리 내다 버렸다.

　빈손으로 돌아온 엄마가 나를 노려보며 씩씩거렸다.

　"그따위 옷을 만들려고 얼마나 많이 죽어 나가는지 알아?"

　나는 엄마가 대체 무슨 말을 하는지 알아들을 수가 없었다. 머리끝까지 화가 나서 방 안에 하루 종일 틀어박혀 있었다. 엄마 옷이나 버리든지 하지, 하나 밖에 없는 내 가죽 잠바는 왜 갖다 버린담! 내가 얼마나 아끼는 옷인지 뻔히 알면서……. 나는 화가 나서 학원에도 가지 않았다. 학원이고 뭐고 다 필요 없다는 생각이 들었다. 내가 학원에 가지 않는데도 엄마는 아무 말도 하지 않았다.

　엄마는 하루 종일 집안을 샅샅이 뒤지더니 난장판을 만들었다. 또 냉장고도 활짝 열어서 닭고기를 꺼내 놓았다. 생 닭고기를 바라보는 엄마의 눈이 번뜩거렸다. 그때 나는 엄마가 혀로 입술을 핥는 걸 똑똑히 봤다. 엄마의 입술이 침으로 번들거렸다.

오후에는 베란다에서 나오던 엄마가 나와 마주치자 시치미를 뚝 떼는 표정을 한 채 화장실로 들어갔다. 나는 엄마 몰래 베란다를 둘러봤다. 별로 이상한 게 눈에 띄지 않았지만, 벤자민 화분 위의 흙이 조금 불룩해진 것 같았다. 나는 베란다로 나가서 화분의 흙을 살살 걷어 냈다. 흙 속에 죽은 쥐가 묻혀 있었다. 소스라치게 놀라서 나도 모르게 "악!" 하고 비명을 질렀다.

엄마가 순식간에 뛰어와 내 앞을 가로막았다. 그러고는 이를 드러냈다.

"내 거야. 저리 가."

내가 순순히 물러나자 엄마는 그제야 안심한 듯했다. 엄마는 화분 속에 쥐를 다시 묻어 두고 거실로 나왔다. 그러고는 냄새를 맡으며 집 안을 뱅글뱅글 돌았다. 어느 순간 몸을 쭉 펴고 고개를 젖히더니 '어우우' 하고 소리를 질렀다. 그런 엄마를 바라보는데, 온몸이 부들부들 떨렸다.

엄마가 반지 때문
에 변한 것 같아서
나는 더럭 겁이 났다.
반지를 낄 때 엄마가 몸
을 떨었던 게 자꾸 마음에
걸렸다.

　나는 엄마한테 달려들어
반지를 빼려고 했다. 엄마가
있는 대로 얼굴을 찡그리며 나를 밀쳐냈다. 그래도 나는
끈질기게 반지를 빼려고 달려들었다. 그러자 엄마는 번개
같이 피하면서 내 손을 꽉 깨물었다. 나는 놀라고 아파서
반지를 빼려던 손을 그만 놓치고 말았다.

　손에서 피가 났다. 나는 손을 내려다보며 멍하게 서 있
었다. 엄마가 나를 물다니? 너무나 놀라고 기가 막혀서
눈물도 나오지 않았다.

　엄마가 숨을 몰아쉬며 말했다.

　"더 살아남지 못할 거야. 사람들은 원수야."

나는 휴지로 손가락을 꽉 싸맨 채 물었다.

"대체 무슨 말을 하는 거야? 누가 죽어? 누가 원수야?"

엄마가 대답 없이 나를 쏘아봤다. 와락 무서운 생각이 들었다. 얼른 방으로 들어와 버렸다. 밖에서 들려오는 엄마의 기척에 귀를 기울였다. 한참 뒤 조용한 틈을 타 밖으로 나왔다. 집에서 멀어지자 아빠에게 휴대폰으로 전화를 했다.

나는 아빠 목소리를 듣고 재빨리 말했다.

"아빠, 엄마가 무서워."

"그래, 좀 달라진 것 같기는 하더라."

"아무래도 내가 준 반지 때문에 그런 거 같아."

아빠가 물었다.

"반지라니?"

"얼마 전에 낯선 할머니한테 받은 반지를 엄마한테 선물로 줬거든. 그때부터 엄마가 그랬단 말이야. 아빠가 엄마 반지 좀 뺏어 봐."

아빠를 설득하려고 얼른 덧붙였다.

"내가 엄마 손에서 반지를 빼려고 했더니 이로 꽉 물었단 말이야. 피가 철철 났어."

전화기 너머로 아빠의 한숨 소리가 들려왔다.

"무슨 말인지 통 모르겠다만, 알았다."

나는 집으로 돌아와서 아빠가 오실 때까지 방에서 나가지 않았다.

식탁 앞에 앉으며 아빠는 엄마를 가만히 지켜봤다. 하지만 식탁 위의 반찬을 본 순간 아빠의 표정이 일그러졌다. 엄마는 소고기를 거의 익히지 않은 채 그대로 내놓았다. 새빨간 핏덩어리가 덕지덕지 묻어 있는 고기였다. 아빠와 나는 마주 보았다. 아빠도 엄마의 변화를 심각하게 느끼는 모양이었다. 아빠와 나는 입맛이 싹 달아나서 밥을 먹지 못했다. 엄마는 그런 나와 아빠를 못 본 척하고 고기를 포크로 찍어서 혼자 맛있게 먹었다.

아빠는 심각한 표정으로 엄마의 반지를 곁눈질했다.

저녁을 먹고 난 뒤, 아빠가 텔레비전을 보는 척하며 지나가는 말투로 말했다.

"당신 그 반지 말이야."

엄마가 긴장한 얼굴로 아빠를 휙 돌아봤다. 반시에 보

석을 박으면 더 반짝거리겠다고 말하
는 아빠의 연기는 텔레비전 드라마에서 나오는
탤런트처럼 아주 자연스러웠다. 보석을 박아 주겠다는 아
빠의 말에도 엄마는 꿈쩍 않고 반지를 만지작거리기만 했
다.

아빠가 나에게 찡긋 눈짓을 보냈다.

나는 재빨리 맞장구쳤다.

"마, 맞아, 반짝거려서 지금보다 훨씬 돋보일 거야."

그러자 엄마의 표정이 싸늘하게 변했다. 엄마는 의심
가득한 눈으로 아빠와 나를 번갈아 보더니 반지 낀 손을
얼른 등 뒤로 감췄다. 그리고 벌떡 일어났다. 나는 엄마가
반지를 빼지 않을까 봐 마음이 조마조마했다. 그때 아빠
가 느닷없이 엄마한테 달려들어 억지로 반지를 빼려고 했
다. 둘은 금세 엎치락뒤치락했다. 결국 아빠가 엄마를 몸
으로 눌렀다. 엄마는 '캥, 캐앵' 하는 이상한 울음소리를
냈다. 금방이라도 튀어나올 듯한 눈동자는 핏발이 서서
빨갰다.

"준수야! 지금이야!"

아빠가 외쳤다.

나는 겁이 나는 걸 꾹 참고 엄마의 손가락으로 달려들었다. 엄마가 나를 노려보며 '그르르……'거리는 이상한 소리를 냈다. 머리털이 쭈뼛 서는 기분이었다. 나는 있는 힘껏 엄마 손가락을 폈다.

그리고 반지를 뺐다. 반지가 손가락에서 빠져나가는 순간, 마치 풍선에서 바람이 빠지듯 엄마 몸이 푹 가라앉았다. 그리고 엄마가 그대로 정신을 잃었다.

아빠가 엄마를 안아다 침대에 눕혔다. 그러고는 거실로 나가며 말했다.

"구급차를 불러야겠다."

잠시 뒤 깨어난 엄마가 창백한 얼굴로 나를 바라보며 걱정스럽게 물었다.

"준수야, 너 얼굴이 왜 그래? 어디 아프니?"

엄마의 말에 나는 목이 메었다. 엄마가 힘겹게 일어나 나를 안아 주었다. 엄마한테 안기자 그동안 참았던 눈물이 툭 터져 버렸다. 마음이 놓여서 나도 모르게 엉엉 울고 말았다. 내 울음소리를 듣고 아빠가 방으로 뛰어 들어왔다. 아빠는 엄마를 자세히 살펴보더니 병원에 가지 않아도 되겠다며 구급차를 취소하러 다시 거실로 나갔다.

나는 엄마 품속으로 파고들었다.

"반지를 끼니까 엄마가 변했어. 불도 무서워하고. 익히지 않은 생고기도 먹고. 죽은 쥐도 화분에다 묻어 두고.

엄청 무서웠어."

엄마는 아무 것도 생각나지 않는 모양이었다. 엄마가 내 등을 토닥토닥 다독였다.

"괜찮아. 괜찮아!"

엄마가 다시 잠드는 걸 보고 나는 살그머니 방을 나왔다. 그러고는 그때까지 손에 꽉 쥐고 있던 반지를 내려다보았다. 아주 잠깐 그냥 내 서랍 보석함에 넣어 둘까 생각했다. 하지만 곧 고개를 저었다. 나는 반지를 창밖으로 멀리 내던졌다.

준수가 힘껏 반지를 던지는 시늉을 하며 이야기를 마쳤다.

하루가 눈을 동그랗게 뜨고 물었다.

"그래서 그 반지는 어떻게 됐어?"

준수는 뒷머리를 긁적이며 말했다.

"글쎄, 모르겠어. 다음 날 새벽에 일찍 반지를 찾으려고 나가 봤거든. 샅샅이 찾아봤는데 아무 데도 보이지 않더라."

은채가 말꼬리를 잡았다.

"말도 안 돼. 거짓말!"

"그런 일이 있었구나."

놀랍다는 듯한 하루의 말에 은채가 픽 웃었다.

"엄마가 그렇게 여우같이 변하면 재미는 있겠다."

듣고 있던 미령이가 묘한 웃음을 지었다.

내내 장난스럽던 은채가 표정을 바꾸며 이제야 생각났다는 듯 말했다.

"그 이야기 들으니까 생각났는데 말이야. 나한테도 신기한 일이 있었어."

준수가 호기심이 가득한 눈으로 은채를 바라보았다.

"너도?"

은채는 침을 꿀꺽 삼켰다.

"내가 휴대폰 안 가지고 다니는 거, 사실은 다 그 일 때문이야."

그러고 보니 아이들은 은채가 요즘 휴대폰을 들고 있는 걸 보지 못했다. 예전에는 컴퓨터보다 휴대폰을 더 좋아해서 은채의 손에는 늘 휴대폰이 쥐어져 있었기 때문이다.

준수는 궁금하다는 듯 은채를 재촉했다.

"무슨 일이 있었는데?"

은채가 과자 부스러기를 입 안에 털어 넣고 우물우물 자기 이야기를 풀어 놓기 시작했다.

"여름 방학이 시작되기 얼마 전이었어……."

4. 휴대폰 친구
−은채 이야기

　해가 집 안을 붉게 물들이는 저녁 무렵이었다. 나는 서서히 어두워지는 식탁에 혼자 앉아 라면을 먹고 있었다. 왠지 쓸쓸한 생각이 들어서 젓가락을 내려놓고 소연이한테 메시지를 보냈다.

　소연이는 4학년에 올라와서 처음으로 친해진 친구였다.

　− 뭐해?
　− 그냥. 넌?
　− 라면 먹는 중 ^^

– 좋겠다. 나도 먹고 싶당. 요즘 너무 살쪄서 라면 못 먹음. ㅠㅠ

소연이한테서 온 메시지를 본 순간 나는 휴대폰을 소파로 내던졌다. 휴대폰이 소파에 튕겨서 바닥으로 떨어졌다.

'살이 쪘다고? 그럼 훨씬 더 뚱뚱한 난 뭐야.'

소연이는 날씬하고 예쁜데다 웃는 모습이 귀여운 아이였다. 웃을 때마다 볼우물이 패여서 뺨에 귀여운 쉼표가 그려지는 것처럼 보였다.

"얄미운 것! 친구라면 내 생각도 좀 해 줘야지."

나는 씩씩거리며 라면을 건져 먹고 국물까지 후루룩 다 마셨다. 그러자 기분이 조금 풀렸다.

'겨우 그따위 일에 기죽으면 김은채가 아니지. 따끔하게 한 마디 해 주자.'

나는 젓가락을 내려놓고 휴대폰을 집어 들었다. 그런데 휴대폰 전원이 꺼져 있었다. 힘껏 전원을 눌렀지만 휴대폰은 다시 켜지지 않았다. 고장이 난 것 같았다. 때마침 해도 완전히 기울어서 주위가 어두컴컴해졌다.

나는 전등을 켜고 휴대폰을 쥔 채 소파에 털썩 주저앉았다.

"휴대폰은 또 왜 이래? 에휴, 아무도 내 마음을 몰라. 내가 하고 싶은 말을 다 알아서 해 주는 그런 친구가 있으면 얼마나 좋을까."

며칠 전에 휴대폰을 바닥에 떨어뜨린 뒤로 건전지가 쉽게 닳고 전원이 자주 꺼지곤 했다. 휴대폰이 고장 나자 아무 것도 할 일이 없었다. 텔레비전도 볼 게 없었다.

집 안이 오싹할 정도로 조용해서 내 숨소리만 크게 들렸다.

똑똑똑.

그때 느닷없이 현관 쪽에서 노크 소리가 들렸다.

나는 일어나서 인터폰 수화기를 들었다. 인터폰 화면에는 아무도 보이지 않았다.

"누구세요?"

대꾸하는 말은 없고 또다시 노크 소리가 들려왔다.

똑똑똑.

'누구지? 아무한테나 문 열어 주면 안 되는데…….'

나는 걸쇠를 건 채 문을 열고 틈으로 살짝 밖을 내다봤다. 문밖에는 아무도 없었다. 현관문에 뭔가 닿는 느낌이 들었다. 문을 열고 아래쪽을 살펴봤다. 조그만 상자가 놓여 있었다. 주위를 살펴보는데 아파트 위쪽 계단으로 무언가 휙 올라가는 게 보였다. 언뜻 보기에 털이 북슬북슬한 꼬리 같았다. 얼핏 '캐앵' 하는 소리가 들렸다 나는 고개를 갸웃하며 상자를 집어 들었다.

조그만 상자 위에는 우리 집 주소와 내 이름이 적혀 있었다.

'택배 아저씨가 바빠서 그냥 놓고 갔구나.'

나는 상자를 가지고 집 안으로 들어왔다. 상자 안에는 새 휴대폰이 들어 있었다.

문득 며칠 전에 엄마한테 새 휴대폰을 사 달라고 졸랐던 기억이 떠올랐다. 엄마 아빠는 맞벌이 부부라서 날마다 바쁘다. 내가 언제 어디에 있는지 항상 알고 싶어 하기 때문에 고장난 휴대폰이 걱정스러웠던 모양이다. 나는 금세 신이 나서 상자 안에 든 비닐봉지를 뜯어서 휴대폰에 건전지를 끼워 넣었다.

휴대폰을 켜자 갑자기 울음소리가 들렸다.

"아우우우."

느닷없이 화면이 확 밝아졌다.

'어라, 내가 잘못 들었나?'

휴대폰 화면에 여우 한 마리가 나타나더니 오른쪽에서 왼쪽으로 조르르 뛰었다. 중간쯤에서 똑바로 서더니 손을 흔들었다. 그리고는 바쁘다는 시늉을 하며 휴대폰 화면 위쪽으로 가버렸다. 여우가 사라지자 휴대폰 전원이 제대로 켜졌다.

엄마에게 전화를 하자 곧바로 신호가 떨어졌다. 엄마는 새 휴대폰이 도착했다는 내 말을 제대로 듣지도 않고 오늘도 늦는다며 전화를 끊어 버렸다. 그렇게 바쁘면서 어느새 휴대폰 등록까지 마쳤나 싶었다.

나는 휴대폰에 와글와글 앱을 설치하고 채팅 창으로 들어갔다. 내 답장을 기다리던 소연이가 써 놓은 몇 개의 메시지가 보였다.

– 야?

– 뭐야?

– 라면 맛있게 먹어라～^^

– 내일 보자, 안녕.

채팅창 말풍선에 써진 '안녕'이란 글자가 얄미웠다. 내가 읽었다는 걸 소연이가 알 거라는 생각이 들었지만 답장을 하고 싶은 마음은 사라졌다. 한참 동안 새 휴대폰으로 평소에 즐겨하던 게임에 몰두했다. 한 손으로 게임을 하면서 냉장고에 있던 샌드위치를 꺼냈다. 그러다 얼결에 게임이 끝나 버렸다.

그때 휴대폰 화면에 '여우 친구'라고 쓰여있는 아이콘을 발견했다. 휴대폰에 딸려 있는 앱인 것 같았다. 여우 아이콘을 클릭하자 화면이 바뀌며 1단계, 2단계, 3단계라고 적힌 벽돌이 나타났다. 맨 밑에 있는 1단계 벽돌을 클릭하자, 몸집이 작은 붉은 여우가 나타났다.

곧이어 여우가 높고 경쾌한 여자아이 목소리로 말했다.

"안녕. 나랑 친구할래?"

새로운 게임인 모양이었다.

'예'를 클릭하자마자 여우가 물었다.

"기분 나쁜 일이 있었니?"

우와, 이런 걸 다 물어보다니, 굉장했다. 휴대폰에다 속마음을 털어놓는 일 따위를 누가 망설일까? 아무도 보지도 듣지도 않는데 말이다.

나는 휴대폰 속 여우한테 속삭였다.

"소연이 때문에!"

처음에는 이렇게 시작했지만 어느새 나는 점점 거칠게 소연이의 험담을 늘어놓고 있었다.

"내 마음이 어떨지는 전혀 모른 다니까."

"바보, 멍청이."

그러고는 휴대폰 속 여우가 찡긋 윙크를 했다.

"그런 애랑 놀지 마. 나랑 둘이서만 놀아."

나도 모르게 씩 웃고 말았다.

나는 엄마가 돌아올 때까지 휴대폰 속 여우와 이런저런 이야기를 나누었다. 내가 기분이 좋아 보여서 그런지 엄마가 고개를 갸웃거렸다. 엄마가 늦을 때마다 나는 나한테 신경도 안 쓴다면서 화를 내곤 했기 때문이다. 엄마는 새 휴대폰을 보디니 이리둥절해하셨다.

"어, 내가 주문한 게 아닌데. 출장 간 아빠가 주문해 놓고 갔나 보다."

 잘 때도 이불 속으로 들어가 휴대폰 속 여우랑 내내 속닥거렸다. 휴대폰 속 여우가 이야기를 해 보라며 자꾸 나를 부추겼다.

나는 여우한테 비밀을 털어놓는 것처럼 속삭였다.

"걘 혼자 잘난 척이야. 지겨워. 살쪄서 볼이 빵 터질 것 같다니까."

휴대폰 속 여우가 은근한 목소리로 물었다.

"내가 대신 메시지 보내줄까?"

"니가 메시지를 보낸다고? 하하하."

편들어 주는 것 같은 여우의 말에 나는 마음이 편안해져서 기분 좋게 잠들었다. 정말이지, 나는 소연이한테 메시지를 보내겠다는 여우의 말을 귓등으로 흘려들었다. 잠들면서도 고맙다며 네가 최고라고 맞장구쳤으니까.

다음 날 아침 학교에 갔을 때였다. 소연이가 화가 잔뜩

푸른문학상 수상 작품

아동청소년문학 전문 출판사 〈푸른책들〉은
한국 아동청소년문학의 미래를 밝혀 줄
새로운 가능성과 잠재력을 지닌 신인작가를
발굴하려는 취지로 '푸른문학상'을 공모하여
제12회를 거듭했습니다. 각기 다른
매력과 빛깔을 지닌 푸른문학상 수상 작품들을
모두 만나 보세요!

푸른책들 www.prooni.com 전화 02-581-0334~5 이메일 prooni@prooni.com
카페 cafe.naver.com/prbm 블로그 blog.naver.com/proonibook

〈푸른문학상〉 수상작들이 〈국어〉 교과서에 실렸어요. 치열한 경쟁 끝에 뛰어난 문학성을 인정받아 뽑힌 작품들이 우수한 교육성까지 검증되어 교과서에 실린 것입니다. 과연 어떤 작품들인지 함께 알아볼까요?

지우개 따먹기 법칙

유순희 장편동화

초 4-1 〈국어〉 수록

한우리가 뽑은 좋은 책
학교도서관저널 선정도서
한국간행물윤리위원회 권장도서
국립어린이청소년도서관 사서 추천도서
아이북랜드 선정도서
네이버 북리펀드 선정도서
교보문고 북토큰 선정도서

● 지우개 따먹기 놀이를 하면서 서로를 알아 가고 이해하게 되는 아이들의 이야기를 유쾌한 에피소드로 엮었다. – 〈한겨레〉

● 열 가지 지우개 따먹기 법칙을 각각의 에피소드에 녹여 내며 유쾌하게 그리고 있다. 상대의 것을 따기도 하고 때론 내 것을 잃기도 하는 지우개 따먹기 놀이는 어른들의 일상 모습과 묘하게 닮아 있다. – 〈문화일보〉

● 실제로 지우개 따먹기 현장을 보는 듯한 생생한 묘사와 등장인물들의 익살스러운 말투 덕분에 읽는 재미가 쏠쏠하다. 어린이의 평범한 일상 속에서 친구와의 관계에 대한 교훈을 이끌어냈다. – 〈소년조선일보〉

● 늘 왁자지껄한 교실에서 매일 일어날 법한 유쾌한 에피소드 속에 관계의 의미를 씨앗으로 심어 놓은 가볍지 않은 '철학 동화'라 할 수 있다. – 〈독서신문〉

빵점 아빠 백점 엄마 이정인 외 4인 동시집

초 5-1 〈국어 활동〉 수록

● 제8회 푸른문학상 수상자 다섯 명의 동시 60여 편이 수록되었다. 아이들의 아기자기한 일상을 묘사한 시어들이 간결하다. – 〈국민일보〉

● 다양한 가족 이야기를 통해 아이들이 세상과 관계 맺는 법을 알려 준다. – 〈뉴시스〉

★한우리가 뽑은 좋은 책
★아침독서 추천도서

날 좀 내버려 둬 양인자 외 7인 동화집

초 5-1 〈국어〉 수록

● 작가들의 수만큼 소재와 문체가 다양하다. 아이들에 대한 따뜻한 공감과 세밀한 시선이 전체 작품을 하나로 엮는다. – 〈한겨레〉

● 누구에게도 속 시원하게 드러내지 못하는 어린이들의 속마음에 귀 기울였다. – 〈어린이동아〉

★어린이도서연구회 권장도서 ★네이버 북리펀드 선정도서
★국립어린이청소년도서관 사서 추천도서

일곱 발, 열아홉 발 김해우 동화집

초 5-1 〈국어〉 수록

● 진정한 행복의 의미를 깨닫게 해 주는 다섯 편의 동화는 지은이가 직접 겪은 삶의 체험을 반영해 생동감을 더한다. – 〈뉴시스〉

● 친구와의 우정, 부모님의 사랑 등, 행복은 생각보다 가까운 곳에 존재하며, 행복해지는 방법은 아주 간단하다는 사실을 깨닫게 한다. – 〈소년조선일보〉

★학교도서관사서협의회 추천도서 ★아침독서 추천도서

우포늪엔 공룡 똥구멍이 있다 손호경 장편동화

- 공룡의 존재가 주는 묘한 신비감이 이 책을 놓지 못하게 한[
가가 글 사이사이에 직접 그려 넣은 삽화도 이 책의 가치를 [
게 한다. – 〈조선일보〉
- 세계적 습지인 우포늪 언저리에서 나고 자란 지은이의 생생
험이 녹아들어 있다. – 〈한겨레〉

★한국아동문학인협회 우수과학도서 ★한국문화예술진흥원 우수창작 지원도서
★학교도서관사서협의회 추천도서 ★〈창비어린이〉 선정 올해의 책

주몽의 알을 찾아라 백은영 장편동화

- '주몽의 알'이라는 허구의 유물을 둘러싸고 고대의 보물을
과정이 전설과 촘촘하게 엮이면서 이야기가 한 편의 미스터리
처럼 속도감 있게 펼쳐진다. – 〈중앙일보〉
- 고구려 안장태왕과 백제 구슬아씨의 전설을 바탕으로 보물이
겨져 있는 '주몽의 사당'을 찾으려는 소년소녀들의 모험. – 〈한국일

★문화체육관광부 우수교양도서 ★〈창비어린이〉 선정 올해의 책

나는 진짜 나일까 최유정 장편동화

- 사람과 사람 사이의 진실한 관계, 또는 만남이란 철학적인 주제
이야기를 6학년 또래인 건주와 시우의 굴곡 많은 사귐을 통해 [
준다. – 〈소년한국일보〉
- 인간의 보편적인 심리를 내밀하게 그려 냈다. 속도감 있게 읽히
서도 묵직한 감동을 준다. – 〈한국일보〉

★네이버 북리펀드 선정도서 ★아침독서 추천도서
★국립어린이청소년도서관 사서 추천도서 ★학교도서관저널 추천도서

뿔치 보 린 장편동화

- 국내 작품에선 드물게 해적과 해적선을 등장시키면서 우리에게
숙한 용왕 설화에 용왕과 용궁을 찾아가는 위험한 모험을 비벼 넣
다. – 〈한겨레〉
- 세상이 정한 굴레에서 벗어나려 모험에 나선 아이들이 인간애
우정으로 성장해 가는 모습을 흥미롭게 그렸다. – 〈연합뉴스〉

★국립어린이청소년도서관 사서 추천도서
★네이버 북리펀드 선정도서 ★한국문화예술위원회 우수문학도서

슈퍼맘 능력고사 정소영 외 4인 동화집

● 제11회 푸른문학상 수상작 5편을 엮은 동화집. 동화마다 발칙한 상상으로 독자들에게 짜릿함을 안겨 준다. – 〈소년한국일보〉

● 제11회 푸른문학상 '새로운 작가상' 부문 응모작 506편 가운데 뽑힌 5편을 엮었다. 유쾌한 이야기로 상대방의 생각과 감정을 헤아리고 공감하는 다양한 방법들을 보여 준다. – 〈독서신문〉

★국립어린이청소년도서관 사서 추천도서

두 얼굴의 여친 박현정 외 4인 동화집

● 제12회 푸른문학상 '새로운 작가상' 부문에 응모된 중·단편동화 566편 중 가장 우수한 작품 4편을 한데 모아 동화집으로 출간했다. – 〈독서신문〉

● 표제작은 엄마 아빠의 재혼을 앞두고 갈등과 관계의 재설정을 겪어야 하는 새별이와 경우의 이야기를 담았다. – 〈뉴시스〉

★학교도서관사서협의회 추천도서

달려라 불량감자 윤미경 외 3인 동화집

● 결코 가볍지 않은 소재와 스토리로 어린이들이 머릿속에 선명히 그릴 수 있을 만큼 생생하고 뚜렷한 표현이 돋보인다. – 〈소년한국일보〉

● 수백 편의 중·단편동화 응모작 중 가장 탁월한 4편의 수상작 모음집으로, 아이들이 세상을 향해 나아가는 성장의 순간을 다양한 소재로 표현했다. – 〈소년조선일보〉

★학교도서관저널 추천도서 ★아침독서 추천도서

마귀할멈과 그냥할멈 & 해적고양이 김용준 외 4인 동화집

● 표제작 「마귀할멈과 그냥할멈 & 해적고양이」 외에 제각기 기발한 생각들로 아이들의 세계를 생생하게 그려 낸 4편의 동화가 실려 있다. 이 책을 통해 어린이 독자들은 정서적 자양분이 돼줄 더욱 엄선된 신인작가들의 신선한 작품을 만나 볼 수 있을 것이다. – 〈독서신문〉

★학교도서관사서협의회 추천도서 ★국립어린이청소년도서관 사서 추천도서

향기 엘리베이터 김이삭 외 23인 동시집

● '눈에 보이는 현상만 툭 던져 놓으면서도 이를 구체화해 시어로운 이야기를 담았다'는 평을 받은 김이삭 시인을 비롯해 작품 향토적이고 따스한 느낌을 준다. – 〈독서신문〉

● 15평 산동네 아파트의 사람 사는 냄새를 물씬 풍기는 「향기 베이터」를 비롯해 삶에서 느낄 수 있는 모든 향기들이 시집 ? 배어 있다. – 〈소년한국일보〉

강아지 기차 남은우 외 2인 동시집

● 수상자들의 시 중에서 가장 우수한 12편을 뽑아 엮은 책이다 대 푸른문학상 동시집에서 확인할 수 있었던 단단한 문학적 완 와 더불어 시를 읽는 재미도 풍부해졌다. – 〈중앙일보〉

● 자연과 일상을 넘나들며 찰나의 동심을 짚어 낸 시인들의 번 는 시선을 따라가다 보면 머리와 가슴속에 상상력과 감성이 ? 차오르는 경험을 하게 될 것이다. – 〈독서신문〉

스트라이크! 장세정 외 6인 동시집

● 똑같이 반복되는 일상에서 지나치기 쉬운 풍경들을 새로운 ^ 으로 발견하며 외치는 신 나는 소리를 담고 있다. 지루하기 짝이 는 일상도 어린이 시각으로 바라보면 생각보다 재미있고 감동? 다. 마치 선물을 받은 듯 새롭기까지 하다. – 〈소년한국일보〉

● 제12회 푸른문학상 동시 부문에 응모된 작품 중 가장 참신하 탁월한 두 시인의 동시 24편을 모았다. – 〈국제신문〉

웃음보 터진다 권영욱 외 15인 동시집

● 재밌는 상상과 창의성에 무릎을 탁 치게 되는 동시들이 무궁 다. 동시집의 제목처럼 '웃음보가 터지는' 시들을 감상하고 싶다 주목해야 할 시집이다. – 〈어린이동아〉

● 아이들의 눈높이에 맞춘 동시집이지만 어른이 읽어도 거부감이 없 어려운 단어로 이뤄진 난해한 시가 아니기에 가볍게 읽고, 동 특유의 따뜻한 감정이 고스란히 전해진다. – 〈브릿지경제〉

난 얼굴로 휴대폰 메시지를 나에게 보여줬다.

– 잘난 척쟁이 지긋지긋해.
– 네 말대로 너 요즘 살이 제대로 쪘더라. 볼이 빵 터질 것 같아. ㅋㅋ
– 바보, 맹꽁이. 너 따위 이젠 친구도 아니야!

소연이는 메시지 때문에 밤새 한숨도 못 잤다고 씩씩거렸다. 나는 너무나 놀라서 덜덜 떨며 휴대폰을 재빨리 확인했다. 정말 내가 보낸 메시지가 맞았다. 대꾸할 말을 찾지 못한 나는 소연이를 제대로 쳐다볼 수 없었다. 내가 얼마나 부끄럽고 창피하고 속상했는지 아무도 상상 못할 거다.

소연이가 내 어깨를 밀며 다그쳤다.

"뭐라고 말 좀 해 봐!"

그런데 생각과는 다른 말이 튀어나왔다. 나도 모르게 어깃장을 놓고 말았다.

"그래서 어쩌라고."

"뭐, 어쩌라고? 너 말 다했어? 나한테 어떻게 이런 문자를 보낼 수 있니?"

소연이는 꼬치꼬치 따져 물었다. 주위에 있던 아이들이 비난하는 표정으로 나를 쏘아봤다. 아이들의 눈빛이 화살처럼 나한테 콕콕 내리꽂혔다. 교실 안은 쥐 죽은 듯 조용해졌다. 담임 선생님이 오시자 소연이는 쌀쌀맞게 등을 돌렸다.

집으로 돌아왔을 때 나는 기운이 하나도 없었다.

'휴대폰 게임을 하다 얼떨결에 메시지를 보낸 건가?'

휴대폰을 켜자 화면에 '여우 친구' 아이콘이 보였다. 2단계 벽돌을 클릭하자 어제 보았던 여우 얼굴이 나타났다.

여우가 눈을 반짝이며 물었다.

"선물 마음에 드니?"

"무슨 선물?"

"네 친구한테 메시지 보내 줬잖아?"

내 입에서 '윽!' 하는 비명이 저절로 터져 나왔다.

"그 메시지를 보낸 게 너란 말이야?"

"이제야 알았어?"

휴대폰 속 여우는 깔깔 웃었다. 손뼉을 치기도 하고 가끔씩 팔짝팔짝 뛰기까지 했다. 내가 얼마나 곤란했는지 전혀 모르는 눈치였다. 아니면 일부러 시치미를 떼는 건가? 생각만으로도 온몸에 식은땀이 흘렀다.

"그러면 안 돼."

내가 한마디로 잘라 말하자, 여우는 기분이 나쁜 듯 두 눈을 번뜩였다. 우리는 잠시 동안 아무 말도 하지 않고 눈싸움을 하듯 서로를 쏘아보았다. 시간이 흐르자 휴대폰 화면이 저절로 까매졌다. 슬그머니 미안한 생각이 들었다.

'나를 위해서 그랬는데…….'

나는 후우, 한숨을 길게 내쉬며 휴대폰 화면을 다시 건드렸다. 나를 노려보는 여우의 눈에는 원망이 가득했다.

"조금 시원하긴 했어."

내가 마지못해 한 말에 여우의 눈빛이 살짝 누그러졌다. 휴대폰 속 여우가 왠지 아기같이 느껴졌다. 하지만 나는 김은채다. 짚고 넘어가야 할 건 확실하게 이야기했다.

"아무리 얄미워도 친구한테 그런 문자를 보내면 안 돼."

"안 돼!

여우가 내 말을 따라하며 귀를 움찔거렸다. 아유, 너무 귀여워! 나는 마음이 스르르 풀어져서 학교에서 있었던 일을 털어놓기 시작했다.

"소연이 말이야. 하루 종일 나를 피해 다니더라. 꼬마들도 그런 짓은 하지 않을 텐데 말이지. 진짜 유치해."

이야기를 하기 시작하자 온종일 참았던 말들이 수돗물처럼 콸콸 쏟아져 나왔다. 아무도 내 말을 막지 못할 지경이었다.

"미안하다고 해도 들은 척도 안 해. 다른 애들이랑 몰려다니면서. 보란 듯이."

휴대폰 속 여우가 고개를 갸웃거렸다.

"내가 따끔하게 혼내 줄까?"

"문자는 안 돼."

그러자 여우가 내 말을 따라했다.

"문자는 안 돼."

다음 날 교실로 들어가자마자, 소연이 근처에 있던 아이들이 수군대다가 나를 보고 입을 딱 다물었다.

　나는 아이들한테로 천천히 다가갔다.

　"무슨 일 있어?"

　소연이가 나를 노려보며 대뜸 쏘아붙였다.

　"너, 정말 대단해!"

　"뭐?"

　"시치미 떼지 마."

　소연이가 휴대폰을 켰다. 그러자 내가 했던 말들이 흘러나왔다. 그건 내 목소리였다. 넋 놓고 있다가 뒤통수를 세게 얻어맞은 것처럼 멍해졌다. 아니라고 말하고 싶었지만 소용이 없을 것 같았다.

　겨우겨우 내 자리로 걸어가서 맥없이 털썩 주저앉았다. 아이들의 눈길이 머리에서 발끝까지 온몸에 느껴졌다. 아무도 찾지 못하는 곳으로 꼭꼭 숨어 버리고만 싶었다. 나는 교실에서 휴대폰을 켤 엄두도 내지 못했다. 수업을 할 때도, 쉬는 시간에도 나는 안절부절못했다.

수업을 마치자 곧장 집으로 뛰어와 재빨리 휴대폰을 켰다. '여우 친구'를 클릭하자 화면에 3단계 벽돌이 나타났다. 가장 진한 벽돌을 연거푸 두 번 클릭했다. 여우가 나타나 기대에 찬 얼굴로 눈을 말똥말똥 굴렸다.

나는 휴대폰 속 여우에게 소리쳤다.

"내가 너한테 한 말을 그대로 보내면 어떡해!"

휴대폰 속 여우가 키득키득 웃었다.

여우의 웃음소리를 듣자, 어깨에서 힘이 쭉 빠졌다.

"대체 왜 내가 한 말을 보냈어? 친구들이 날 싫어하잖아. 수군대면서 나를 따돌렸다고……."

나는 꾹 참았던 울음을 터뜨렸다. 휴대폰을 든 채 방바닥에 주저앉아 집 안이 떠나가라 엉엉 울었다. 한참 그러고 있다가 어느 순간 울음을 뚝 그쳤다. 운다고 해결될 일이 아니었다.

휴대폰 속 여우가 슬그머니 말을 걸어왔다.

"그러면 안 되는 거니?"

"뭐?"

그 순간 나는 휴대폰 속 여우한테 소름이 끼쳤다. 내가 누군 줄 알고! 나, 김은채가 겨우 그까짓 일에 겁을 먹고 벌벌 떨 줄 알았다면 크게 잘못 생각한 거다.

나는 휴대폰을 클릭해서 애플리케이션 관리로 들어갔다. 여우 친구 앱을 선택해서 삭제 버튼을 눌렀다. 그런데 어쩐 일인지 여우 친구 앱이 삭제되지 않았다. 다른 건 모조리 지워지는데 왜 여우 친구 앱만 삭제되지 않는지 모르겠다.

그날 저녁, 출장 간 아빠에게서 전화가 왔다.

"아빠, 아빠가 사 준 휴대폰 말이야."

"휴대폰? 무슨 휴대폰?"

내 말에 아빠는 금시초문이라는 듯 말했다. 나는 이상한 생각이 들어서 다시 물었다.

"내 휴대폰 고장 나서 아빠가 주문해 놓고 간 거 아니었어?"

"은채야, 무슨 소리야. 아빠 네 휴대폰이 고장 난 줄도 몰랐는걸."

갑자기 머릿속이 복잡해졌다. 그럼 대체 누가? 분명히 내 앞으로 된 택배였는데. '캐앵' 하며 복도를 울리던 이상한 소리가 생각났다. 액정 안에서 뛰어다니던 여우 모습도 떠올랐다. 이건…… 이상한 휴대폰이다!

온종일 궁리하다 휴대폰을 쓰레기통에 슬쩍 버렸다. 소연이한테는 미안하다고 사과하기로 마음먹었다. 그런데 퇴근해서 돌아온 엄마가 휴대폰을 건네주며 야단을 쳤다. 누군가 주워서 우리 아파트 경비실에 가져다 놓았다는 것이다.

마음이 복잡한 채로 주말을 지내고 학교에 갔더니 소연이가 오지 않았다. 조회 시간에 담임 선생님이 말했다.

"소연이가 재개발 때문에 이사를 가게 됐단다. 그런데 이야기를 들어 보니 소연이가 그동안 친구 문제로 무척 힘들어 했다는구나. 전학 가는 게 차라리 다행이라고 했다는데, 그 친구가 누구라고 콕 꼬집어 말하지는 않았다. 그렇지만 선생님은 우리 반 모두에게 책임이 있다는 생각이 들었다. 얼마나 마음이 아팠으면 인사도 하지 않고 가겠다고 했겠니? 이번 기회에 다들 반성하면서 친구를 배려하는 마음을 갖도록 했으면 싶다."

선생님의 말을 듣던 아이들이 한꺼번에 나를 돌아봤다.

나는 학교에서 재활용품을 분리하는 곳에 휴대폰을 버렸다. 하지만 어찌된 일인지 담임 선생님이 물건을 잘 간수하라며 휴대폰을 다시 건네주었다. 휴대폰을 받아들 때 등이 서늘해지며 머리카락이 쭈뼛 섰다.

그 뒤에도 휴대폰을 여러 번 버렸지만 그때마다 휴대폰은 내 손으로 다시 돌아왔다. 한번은 높은 곳에서 떨어뜨려도 봤다. 휴대폰은 아주 멀쩡했다. 문득 휴대폰을 물속에 빠트리면 어떨까 싶은 생각이 들었다.

나는 휴대폰을 들고 매구호수로 갔다. 매구호수는 매구산 밑에 있는 작은 호수였다. 재개발이 되면 없어질 호수였다. 호수 주변을 서성거리다 근처에 아무도 없을 때를 기다렸다. 나는 손에 든 휴대폰을 힘껏 호수로 던졌다.

풍덩.

얼마 후 휴대폰이 호수 밑으로 완전히 사라졌다. 집으

로 돌아온 뒤에 나는 엄마에게 휴대폰을 잃어버렸다고 말한 후 새 휴대폰을 사주지 않아도 된다고 했다. 거의 대부분 학교랑 학원에 있으니까 언제든지 연락할 수 있다고 했다. 공부에 방해가 된다는 이유도 덧붙였다. 부모님은 나를 기특하다고 생각하는 눈치였다. 어쨌든 그렇게 모든 일이 해결되었고, 곧바로 여름 방학이 시작됐다. 여름 방학이 끝난 뒤에 다시 만난 아이들은 지난 일을 모두 기억하고 있는 것 같았다. 아이들은 여전히 나를 곱지 않은 눈길로 봤다. 아무도 나에게 가까이 오려 하지 않았다. 나에게도 결코 잊을 수 없는 일이었다.

이야기를 마친 은채가 길게 한숨을 내쉬었다.

하루가 심각한 표정으로 고개를 끄덕였다.

"그래서 네가 휴대폰을 안 가지고 다니는구나."

준수가 불쑥 끼어들었다.

"그런 휴대폰이라면 나라도 버렸을 거야. 근데 그 휴대폰은 어떻게 됐을까?"

은채가 어깨를 으쓱했다.

"나도 모르지."

"다른 사람들은 믿을 수 없겠지만 난 은채 말 믿어."

준수 말에 하루가 보일 듯 말 듯 고개를 끄덕이며 말을 이었다.

"실은…… 나한테도 믿을 수 없는 일이 하나 있었어."

준수와 은채의 눈길이 하루한테로 모아졌다. 순간 방바닥에 시선을 둔 채 듣기만 하던 미령이의 눈빛이 반짝 빛났다.

은채가 하루한테 몸을 바싹 들이대며 호들갑스럽게 물었다.

"정말? 무슨 일인데?"

뜸을 들이던 하루가 머뭇머뭇 입을 뗐다.

"지난 봄 매구산으로 현장 학습을 갔던 날이었어."

5. 노란 반달빗
-하루 이야기

아이들은 산에서도 요란 법석을 떨며 시끄러웠다. 나는 화장실에 다녀오겠다고 하고 아이들한테서 떨어져 나왔다. 도대체 아이들이란 어쩔 수가 없다. 잠시 동안 혼자 있다가 바로 되돌아갈 생각이었다. 나는 조용히 혼자 있는 게 편하고 좋다.

노루처럼 이리저리 뛰어다니는 남자아이들을 피해 화장실 쪽으로 향했다. 커다란 안내판을 돌아 나무가 울창해 보이는 곳으로 걸었다. 으슥한 풀숲을 지나 언덕 위로 올라가자, 신기하게도 아이들 서너 명 정도가 앉을 수 있는 넓적한 바위가 나타났다. 나는 바위 위로 올라가서 털썩 주저앉았다.

아침에 있었던 일이 떠올라 가슴이 답답했다.

모든 게 며칠 전 아이들이 가져온 화장품 때문이었다. 아무렇지도 않게 입술에 바르던 주홍빛 틴트 립스틱! 그걸 틴트라고 부른다는 걸 나는 그때 처음 알았다. 반짝거리는 주홍빛 틴트 립스틱은 작고 앙증맞았다. 틴트 향기에 눈앞이 아찔해지면서 가슴이 울렁거렸다.

어제 오후에 할머니가 잠깐 집을 비운 사이였다. 이때다 싶어 재빨리 할머니의 립스틱을 발랐다. 입술이 빨갛게 꽃처럼 피어났다. 집 안에서 왔다 갔다 하다 립스틱을 바른 채로 밖으로 나갔다. 그때 골목 어귀에서 낯선 아저씨와 부딪쳤다.

낯선 아저씨가 내 입술을 지그시 내려다봤다.

"쥐 잡아먹었니?"

나는 얼굴이 확 달아올라 집으로 뛰어왔다.

그런데 아침에 할머니가 어린 게 벌써부터 화장을 한다고 야단을 쳤다. 할머니는 내가 립스틱을 발랐던 걸 어떻게 알았을까?

할머니는 야멸치게 말했다.

"이 할미는 어디에 뭐가 있는지 죄 알고 있으니까 잡아 떼도 소용없다."

나는 화가 나서 할머니한테 버럭 소리를 질렀다.

"백화점에서도 초등학생용 화장품을 판대. 할머니는 아무 것도 모르면서……."

할머니는 아무 말도 하지 않았지만, 나는 기분이 나빴다. 나도 사실 내가 잘했다고는 생각지 않았다.

'내가 할머니를 속상하게 하다니. 그깟 화장품 하나 때문에…….'

나는 손바닥으로 바위를 쓰다듬었다.

"그래도 예뻐지면 좋겠다."

"그래. 예뻐지면 좋겠지?"

그때 느닷없이 누군가의 목소리가 들려왔다. 나는 놀라서 소리가 나는 쪽을 휙 돌아봤다. 옆에 중학생쯤으로 보이는 언니가 있었다.

주위는 연둣빛 새순들이 거품처럼 보글보글 돋아 오르고 있었다. 언니는 자줏빛 교복을 입고 있었는데, 어쩐지

주위랑 묘하게 잘 어울렸다. 언니가 미소를 지으며 주머

니에서 노란색 빗을 꺼내 앞으로 내밀었다.

　"너, 이 반달빗 가질래?"

　반달 모양의 빗에는 조그맣고 앙증맞은 여우가 붙어 있

었다.

"저요?"

"그래. 이걸로 머리를 빗으면 아주 예뻐질 거야. 어때?"

하루는 여우 빗에서 눈을 떼지 못한 채 쭈뼛거리기만 했다.

'세상에 그런 빗이 어디 있어. 말도 안 돼.'

그런데 언니가 내민 여우 빗은 아주 예뻤다. 게다가 그건 할머니가 싫어하는 화장품도 아니었다.

언니의 눈썹이 꿈틀꿈틀 움직였다.

"갖고 싶다며?"

"제가요?"

할머니가 세상에 공짜는 없다고 했다. 친척 어른들은 내가 할머니랑 살아서 그런지 애어른 같다고 쑥덕거렸다. 또 조숙하다고도 했다. 하긴 나는 열한 살이나 되었고, 키도 우리 반에서 제일 크니까.

'공짜 따윈 없어. 받으면 안 될 것 같아.'

내 생각을 눈치채기라도 한 듯이 언니가 앞으로 내밀었

던 여우 빗을 자기 쪽으로 다시 끌
어당겼다.

"그런데 말이지, 이 빗으로 머
리를 빗으면 뭐든지 솔직하게 말하게 되
거든. 물론 머리를 흩트리면 원래대로 돌아온단다."

언니는 씨익 웃으며 망설이는 나를 떠보듯 물었다.

"어때, 그래도 좋아?"

나는 급한 마음에 재빨리 여우 빗을 잡아챘다.

"괜찮아요. 고맙습니다."

여우 빗을 손에 꼭 쥔 채 뒤도 돌아보지 않고 산에서 내
려왔다. 빗은 가방 속에 그냥 처박아 두었다. 할머니가 어
디서 난 빗이냐고 꼬치꼬치 캐물으면 대답하기가 귀찮을
것 같았기 때문이다.

월요일에 등교하자마자 화장실로 갔다. 마침 화장실에
는 아무도 없었다.

나는 거울을 보며 여우 빗으로 머리를 싹싹 빗었다. 그
러자 머리카락이 한 올 한 올 살아나는 것 같았다. 어느덧
부스스한 곱슬머리가 가지런해지면서 찰랑거렸다. 머리

에서 윤기가 자르르 흘렀다.

교실로 갔더니 여자 아이들이 관심을 보이기 시작했다.

"하루야, 너 왠지 변한 거 같아!"

"머리 스타일이 진짜 예쁘다!"

"찰랑찰랑해."

내가 고개를 흔들면 머리카락들이 목덜미에서 차르르 차르르 춤을 추는 것 같았다.

그때 반에서 제일 덩치 큰 효진이가 막대 사탕을 입에 물고 교실로 들어섰다.

나도 모르게 효진이에게 소리쳤다.

"와. 너, 씨름 선수 같다."

효진이 얼굴이 새빨갛게 달아올랐다.

"어쩌라고? 엉덩이 밑에 깔아뭉개 줄 까?"

버럭 소리친 효진이가 자기 자리 로 걸어가 가방을 내팽개치듯 내

려놓았다. 교실이 순식간에 조용해졌다. 효진이는 도끼눈을 한 채로 나를 계속 노려봤다. 그뿐이면 괜찮았을 텐데……. 콧방울에 검은 사마귀가 있는 유나한테 "까만 사마귀 공주"라고 했다. 유나는 나한테 눈을 하얗게 흘겼다.

영진이 얼굴에 난 여드름도 놀려 댔다.

"여드름이 잘 익었네. 완전 멍게 얼굴."

내 말을 들은 영진이의 눈가가 발개졌다. 금세 눈물이 뚝 떨어질 것 같았다.

몇 마디 말에 주위에 있던 아이들의 표정이 싹 바뀌었다. 아이들이 슬그머니 나를 피하기 시작했다. 조금 전까지만 해도 머리 모양이 예쁘다면서 나한테 관심을 보이더니…….

문득 바위 위에서 언니가 했던 말이 떠올랐다. 솔직히 말하게 된다는 게 이런 거였나? 나는 재빨리 머리를 흩트렸다. 그러자 생각지도 못했던 말들이 더 이상 툭툭 튀어나오지 않았다.

하지만 아이들은 나를 슬금슬금 피했다. 화장실에 갔다가 돌아와 문을 열면 교실 안이 순식간에 조용해졌다. 마치 내 이야기를 하고 있다가 딱 멈춘 것처럼!

　수요일 오후에 집으로 돌아갈 때였다. 슈퍼 아줌마네 두 딸이 가게 앞에서 쪼그려 앉아 놀고 있었다. 두 아이 모두 하나로 묶은 머리가 삐져나와서 온통 산발이었다.

　나는 두 아이한테 천천히 다가갔다.

　"언니가 머리 빗겨 줄까?"

　주머니에서 여우 빗을 꺼내자 큰 아이가 먼저 냉큼 뒤돌아섰다. 나는 큰 아이와 작은 아이의 머리를 차례대로 싹싹 빗겨 하나로 묶어 주었다.

　큰 아이가 묶은 머리를 만져 보며 말했다.

　"하루야. 고마워."

　"언니라고 해야지."

　내 말에 작은 아이가 까르르 웃음을 터뜨렸다.

　"불쌍한 하루 언니. 엄마도 아빠도 없는 하루 언니."

　그 말에 나도 모르게 불끈 화가 치밀어 올랐다. 나는 두 아이의 머리를 콩콩 쥐어박았다.

　"못생긴 것들이."

　두 아이는 금방이라도 울음을 터트리겠다는 듯이 입을

삐죽였다.

아차, 싶었는데 슈퍼 아줌마가 기다리고 있었다는 듯이 튀어나왔다.

"왜 애들을 울리니?"

그 순간 나도 모르게 빗으로 머리를 빗고 말았다. 그러자 말대답이 불쑥 나왔다.

"애들이 먼저 버릇없게 굴었어요. 잘 알지도 못하면서……."

슈퍼 아줌마가 나한테 눈을 부릅떴다.

"어라, 어른한테 꼬박꼬박 말대답을 하네. 너, 정말 큰일이구나."

"아줌마가 더 큰일이에요. 아줌마 때문에 아저씨도 집에 안 들어오시잖아요."

"아니, 얘가. 어른한테 못하는 말이 없네. 어디서 보고 배운 버르장머리람."

슈퍼 아줌마는 기막히다는 듯 콧방귀를 뀌었다. 그러더니 아이들을 데리고 안으로 들어가 버렸다. 처음엔 잘했다, 시원하다 싶었는데 시간이 흐를수록 기분이 점점 나빠졌다. 나는 손으로 머리를 흐트러뜨렸다. 다시는 여우 빗으로 머리를 빗지 않기로 마음먹었다.

수업이 일찍 끝나는 금요일이었다. 점심시간에 화장실에 다녀왔더니 교실 안이 시끌시끌했다.

한 아이가 단짝인 친구를 노려보면서 빽 소리쳤다.

"너 입술이 너무 두꺼워. 우웩!"

단짝인 아이도 지지 않고 목소리를 높였다.

"너희 엄마는 새엄마지!"

두 아이는 매서운 눈으로 서로를 집어삼킬 듯이 노려봤다.

다른 아이들도 끼어들어서 이러쿵저러쿵 싫은 말들을 건넸다. 화장을 해도 못생긴 건 여전하다는 둥, 눈이 작으니까 잘 안 보이겠다는 둥, 너희 식구들은 거지 같다는 둥 하면서 난리도 아니었다. 여자아이들은 서로 욕하느라 바빠서 창피한 줄도 모르는 것 같았다. 주위에서 구경하던 아이들만 재미있다는 듯 눈을 반짝반짝 빛냈다.

그때 누군가 나한테 여우 빗을 건네주었다.

"이거 아까 네가 떨어뜨리더라."

내가 여우 빗을 실수로 떨어뜨린 모양이었다.

그런데 여자아이들 몇몇이 여우 빗을 돌려 가며 머리를 빗은 모양이었다. 그래서 서로에게 차마 하지 않았던 말들을 털어놓았던 것이다.

그때 자리를 비웠던 담임 선생님이 돌아오셨다. 담임 선생님은 아이들이 서로 다투듯 이르는 말을 끝까지 들었다. 그러고는 4학년씩이나 된 아이들이 친구를 배려하는 마음이 전혀 없다면서 화를 내셨다. 여우 빗을 쥔 내 손바닥은 땀으로 축축하게 젖었다.

토요일 오전, 나는 할머니한테 친구네 집에 다녀오겠다고 말한 뒤 집을 나섰다. 마을버스를 타고 현장 학습 때 갔던 매구산으로 향했다. 산을 오르는데 여러 가지 생각이 뒤엉켰다. 하지만 바위를 찾아서 여우 빗을 올려놓자 왠지 마음이 가벼워졌다.

하루가 조용히 이야기를 끝냈다.

"지금 생각해도 꿈을 꾼 것 같아."

이야기를 듣던 은채가 눈을 동그랗게 뜨고 물었다.

"그 여우 빗, 누가 가져갔을까?"

하루와 눈길이 마주친 미령이는 뭔가 할 말이 있는 것 같은 표정을 지었다.

그때 준수가 머리를 치켜 올리며 끼어들었다.

"근데 다 여우랑 관계있는 이야기다."

은채가 과자로 손을 뻗으며 미령이한테 고개를 돌렸다.

"정말 그러네. 홍미령. 너는 뭐 없어?"

"글쎄. 나는 그냥 어떤 애 이야기는 하나 알아."

미령이는 호기심 가득한 눈길로 자기를 바라보는 아이들을 천천히 둘러봤다. 이야기를 시작하는 미령이의 얼굴에 야릇한 미소가 번졌다.

"매구산 골짜기 마을에 어떤 꼬마 애가 살았어……."

6. 잘려 나간 산
−미령 이야기

꼬마는 아무것도 모르는 천둥벌거숭이였다. 엄마는 날마다 꼬마를 깨끗하게 매만져 줬다. 그래서 꼬마는 늘 깔끔하고 예뻐 보였다. 꼬마가 어느 정도 자라자 엄마는 매구산을 잠시 떠나기로 결심했다. 꼬마에게 넓고 큰 세상을 보여 주고 싶었기 때문이다. 꼬마는 엄마를 따라 세상을 두루두루 돌아다녔다. 그러다가 여름과 겨울이 되면 매구산으로 돌아왔다.

그 무렵 매구산엔 사람들의 발길이 뜸했다. 사람들이 드나들기에 매구산은 험하고 울창한데다 골짜기도 깊었다.

어느 추운 겨울이었다. 때마침 꼬마는 엄마와 함께 매구산 골짜기로 돌아와 있었다. 하얗게 눈 덮인 매구산에서 꼬마는 꿈 같은 나날을 보내고 있었다. 그러던 어느 날이었다. 사람들이 무시무시한 기계를 가지고 매구산으로 들이닥쳤다. 노란색, 주황색, 빨간색 기계들은 멀리서 봐도 눈에 띄었다.

사람들은 괴물 기계로 꽝꽝 얼어붙은 산을 마구잡이로

파헤쳤다. 끝이 바늘처럼 뾰족한 괴물 기계는 단단한 바위를 닥치는 대로 깨뜨렸다. 꿈쩍도 않을 것 같던 바위가 힘없이 쩍쩍 쪼개졌다. 우람한 나무들도 숭덩숭덩 뽑혀 내동댕이쳐졌다. 순식간에 벌어진 일이라 모두 넋 놓고 바라보기만 했다.

그러고 나서 더 많은 괴물 기계들이 들이닥쳤다. 괴물 기계들은 산속 깊이 묻힌 곱고 붉은 흙을 거칠게 긁어 댔다. 꼬마의 아빠가 산을 지키는 일에 앞장섰다. 몇몇이 힘을 보태 줬다. 하지만 괴물 기계를 끌고 온 사람들도 가만히 있지는 않았다. 이웃들은 아무도 돌아오지 못했다. 꼬마의 아빠도 두 번 다시 볼 수 없었다.

며칠이 지난 어느 날, 사람들이 괴물 기계를 끌고 한꺼번에 사라졌다. 꼬마와 엄마는 아빠를 찾아 매구산을 헤매고 있었다. 사람들이 사라진 뒤, 산은 신비스러울 정도로 조용했다. 그때 어디선가 우렁우렁한 소리가 들려왔다.

"빨리 피해! 지금 당장 달아나라."

꼬마는 놀라서 주위를 둘러봤지만 아무도 보이지 않

았다.

또다시 다급한 목소리가 들려왔다.

"절대로 뒤돌아보지 마."

엄마가 흠칫하더니 꼬마의 손을 우악스럽게 잡아끌었다.

"가자!"

엄마는 재빨리 산 아래로 뛰기 시작했다. 가파른 산골짜기를 구르듯이 내려갔다. 엎어지고 미끄러지던 엄마와 꼬마는 금세 땀범벅이 되었다. 그러는 사이에 여기저기에 긁히고 상처난 몸에서 피가 났다. 머리에서 발끝까지 땀과 흙, 피로 범벅이 되었다.

엄마가 자꾸만 헐떡거렸다.

"무슨 일이 있어도 넌 살아야 해."

엄마의 말이 끝나자마자 뒤에서 '꽈르릉 꽝 꽝!' 하고 하늘이 무너지는 듯한 소리가 들렸다. 엄마의 손에 끌려가던 꼬마가 언뜻 뒤를 돌아봤다. 눈앞에 믿을 수 없는 일이 벌어지고 있었다. 산이 폭발하면서 무너지고 있었다. 우르릉우르릉 괴물이 울어 대는 것 같은 천둥소리가 끊이지 않았다. 먼지바람이 풀썩풀썩 올라왔다. 뿌연 먼지 때문에 숨이 턱턱 막혔다. 눈을 제대로 뜨기도 힘들었다. 세상이 온통 먼지로 뒤덮여서 한 치 앞도 볼 수가 없었다.

엄마가 절대 놓치지 않겠다는 듯 꼬마를 끌어안았다.

"엄마 아빠를 잊으면 안 된다."

겁에 질린 꼬마는 부들부들 떨며 엄마 품으로 파고들었다.

한참 후 꼬마는 다시 깨어났다. 하지만 엄마는 다시 일어나지 못했다. 다행히 꼬마는 멍이 조금 들었을 뿐 전혀 다치지 않았다. 엄마가 꼬마를 폭 싸안은 덕분이었다. 고개를 들어 보니 우뚝 서 있던 매구산 반쪽이 흔적도 없이 사라져 버리고 없었다. 반쪽이 뚝 잘린 매구산은 벌건 흙을 드러낸 채 보기 흉한 모습으로 서 있었다.

7. 여우 친구가 왔다!

미령이가 담담하게 이야기를 끝냈다.

그러자 은채가 안타깝다는 듯 길게 한숨을 내쉬었다.

"산을 무너뜨리다니……. 정말 무시무시해."

준수도 고개를 끄덕였다.

"나도 매구산이 절반이나 뚝 잘려 나간 건 봤어. 무슨 큰 회사에서 골프장이랑 스키장 만들었잖아. 근데 홍미령, 넌 그걸 다 실제로 본 것처럼 말한다."

"그러니? 내 이야기 괜찮았어?"

미령이가 쓸쓸한 표정으로 어깨를 으쓱했다. 그러고는 가방에서 빗을 꺼내 머리를 싸악싸악 빗었다. 잠자코 미령이를 바라보던 하루가 빗을 보더니 얼굴이 하얗게 질렸다.

"그거, 혹시 여우 빗?"

"응. 얼마 전에 어떤 여자애한테 잠깐 빌려준 적 있었어. 근데 금세 되돌려 주더라. 난 그 아이가 안쓰러워서 빌려준 건데."

미령이의 대답에 하루는 겁을 먹은 듯 아무 소리도 내지 못했다.

하루의 얼굴을 뚫어지게 쳐다보던 미령이가 알 수 없는 미소를 지었다. 그러고는 은채한테로 눈길을 돌렸다.

"아, 휴대폰 하니까 떠오르는 일이 또 하나 있다!"

미령이가 책상 서랍에서 휴대폰을 꺼냈다. 휴대폰을 본 은채가 당황해서 어쩔 줄 몰라 했다. 미령이가 은채 앞으로 휴대폰을 들이밀었다. 그러자 은채가 소스라치게 놀라 휴대폰을 쳐 냈다.

"치워."

"사실 나도 휴대폰 싫어. 휴대폰에 다가가면 눈앞이 뱅뱅 돌고 가슴이 쿵쾅거리거든. 휴대폰에서 무시무시한 전

자파가 흘러나오잖아. 난 휴대폰을 오래 보고 있으면 머리가 아프고 속도 울렁거리는데, 휴대폰을 좋아하는 아이한테 배달해 준 적은 있었지. 휴대폰을 굉장히 좋아하는 여자아이였어. 그 앤 휴대폰으로 모든 걸 하더라. 친구 삼아 놀기도 하고, 인터넷 검색도 하고."

미령이의 말을 듣던 은채가 사레들렸는지 켁켁 기침을 해 댔다.

"서, 설마 우리 집에 휴대폰을 가져다 놓은 게 너였어?"

"이제야 눈치챈 거니? 맞아, 나야. 그런데 왜 그렇게 놀라? 준수한테 여우 반지를 준 것도 나였어. 준수 너, 날마다 입버릇처럼 엄마 따위 필요 없다고 했잖아."

준수는 갑작스레 추위를 느낀 듯 양 팔을 껴안았다.

"무슨 말을 하는 거야? 믿을 이야기를 해라."

미령이의 표정이 눈에 띄게 굳어졌다.

"난 그냥 너희들과 친해지고 싶었어."

아이들은 겁을 먹고 미령이의 눈길을 피했다.

미령이가 아이들을 둘러보았다.

"정말 실망스러워. 나는 너희들 마음을 충분히 알아줬잖아. 근데 너희들은 뭐야?"

은채가 미령이한테 따져 물었다.

"그게 다 우리를 위해서였다는 거야?"

"그럼. 너희들을 위해서였지."

미령이의 말에 준수가 몸을 와들와들 떨었다.

"다들 그만해. 무섭단 말이야."

미령이가 준수한테 손을 들어 보였다. 그러자 미령이의 손가락에서 여우 반지가 번쩍였다.

"그건…… 여우 반지!"

준수가 벌떡 일어났다.

순간 미령이의 등 뒤로 복슬복슬하고 기다란 꼬리가 툭 튀어나왔다.

"반지 찾느라 힘들기는 했어."

기다란 여우의 꼬리가 방 안에 너울거렸다. 몸은 그대로였는데 미령이의 살갗에 붉은 털이 부스스 일어났다.

"너희들은 은혜를 너무 몰라."

은채가 얼떨결에 악 하고 소리를 질렀다.

"소리 질러도 소용없어. 아무도 못 듣거든."

미령이의 눈이 번뜩였다.

"나는 나를 이해해 주는 친구가 필요했을 뿐이야. 너희들은 내 친구가 되어 줘야 해."

아이들이 겁에 질려서 바짝 얼어붙었다.

미령이는 꼬리를 꿈틀거리며 바람을 일으켰다.

"그래. 이곳에서 난 혼자 살아. 나는 사람들 틈에서 오래 살았기 때문에 뭐든지 할 수 있어. 다만 조금 심심한 게 문제란 말이지. 산이 무너진 뒤에 난 살 곳을 찾아 여기저기 떠돌아 다녔어."

미령이는 화가 잔뜩 난 목소리로 말을 이었다.

"그런데 여기도 또 부순대. 이제 어디로 가야 하지?"

미령이가 눈을 부릅뜨고 꼬리를 곤두세웠다.

"내가 사는 곳을 따라다니며 다 부

순다고. 알아?"

말없이 고개를 끄덕이
는 준수와 달리, 은채는 딱
잘라 말했다.

"우리들이 그런 건 아니잖아? 우
리를 보내 줘!"

"보내 달라고? 내가 너희들을 붙잡
고 있다는 거니?"

미령이가 되물었다.

아이들이 슬며시 눈길을 피하자 미령
이가 슬픈 목소리로 말을 이었다.

"내가 너희들을 어떻게 하겠다는
게 아니야. 아무도 나를 모르니까. 난 혼자니까. 그래
서……."

준수는 기어 들어가는 목소리로 말했다.

"내가 있잖아. 알지? 옷 입는 센스라면 나를 따라올 사
람이 없어."

어느새 아이의 모습으로 돌아온 미령이가 누그러진 표

정으로 하루와 은채를 돌아보았다.

은채가 미령이의 눈을 똑바로 마주 보았다.

"난 솔직히 말할게. 내가 널 친구로 대할 수 있을지는 잘 모르겠어. 네가 사람들 속에 섞여 산다고 해도 네 원래 모습을 완전히 숨기지는 못할 거야."

입술을 꽉 다문 하루도 슬픈 눈으로 미령이를 바라보았다. 준수가 나서서 은채의 팔을 잡고 말렸다.

"바보야. 대체 무슨 말을 하는 거야? 우리라도 친구가 돼 준다고 해야지."

은채는 기분이 상한 듯 퉁명스럽게 쏘아붙였다.

"사람들이 산도 허물고 여기저기 새로운 건물을 짓는 건 알고 있어. 하지만 우리들 힘으로 그걸 막을 수는 없잖아."

화가 잔뜩 난 미령이의 눈빛이 새빨갛게 변했다.

"그럼 난 어떡해? 어디로 가서 누구랑 살지? 다른 곳을 또 찾아보라고? 난 너무 외롭고 슬퍼서 힘들단 말이야!"

미령이의 거친 숨소리에 회오리바람이 휘몰아쳤다.

그때까지 잠자코 있던 준수가 느닷없이 미령이를 뒤로

확 밀쳐 냈다. 미령이가 꼬리로 준수를 쳤다. 그러자 준수가 뒤로 엉덩방아를 찧으며 나자빠졌다.

미령이가 슬픈 듯 크게 울부짖었다.

"커엉!"

귀청을 찢는 것 같은 여우의 울음소리가 방 안에 쩌렁쩌렁 울렸다. 준수가 벌떡 일어나 재빨리 문을 열어젖혔다. 그러고는 밖으로 후다닥 뛰어나가며 하루와 은채를 향해 소리쳤다.

"뛰어!"

그제야 하루와 은채도 밖으로 뛰쳐나갔다. 세 아이는 넘어질 듯 엎어질 듯 자빠질 듯 재개발 지구 골목으로 내달렸다.

한참을 뛰어가던 준수가 멈춰 서서 천천히 숨을 골랐다. 준수를 뒤따라온 은채도 헉헉거리며 손등으로 이마의 땀을 닦아 냈다. 하루는 불안한 눈으로 자꾸만 주변을 둘레둘레 살폈다. 어두운 골목 어귀에서 무언가가 금방이라도 툭 튀어나올 것만 같았기 때문이다. 얼마 동안 세 아이는 숨만 가쁘게 몰아쉬었다. 실랑이를 벌이며 내내 티격

태격하던 준수와 은채는 언제 그랬냐는 듯 바싹 붙어 있었다.

하루가 몸서리를 쳤다.

"도저히 믿을 수가 없어."

하루가 일어나 길을 찾기 시작하자 은채랑 준수는 말없이 뒤를 따랐다. 아이들은 일부러 뒤쪽으로 눈길을 주지 않았다. 너나 할 것 없이 일부러 앞쪽만 보고 걸었다. 하지만 아이들은 길을 못 찾고 골목을 헤매기만 했다. 아무

리 돌고 돌아도 조금 전에 있던 그 자리로 되돌아왔다. 길잡이를 하던 하루는 마음이 조급해져서 자꾸 허둥거렸다. 미로 속에 빠진 듯한 느낌 탓에 아이들은 눈앞이 캄캄했다.

은채가 지쳐서 길가에 쭈그려 앉았다.

"근데 이상한 냄새나지 않냐?"

은채가 코를 벌름거리며 고개를 돌렸다. 냄새는 막힌

것처럼 보이는 골목에서 풍겨왔다. 은채가 벌떡 일어나 막다른 골목으로 걸음을 옮겼다. 주위의 담벼락은 먼지와 낙서로 뒤범벅이었다. 막다른 골목으로 다가갈수록 구린 내가 점점 진해졌다.

그때 뒤에서 미령이가 소리쳤다.

"얘들아, 가지 마. 멈춰. 제발!"

미령이의 목소리에 아이들은 놀라서 허둥지둥 담벼락으로 붙었다. 줄곧 아이들을 쫓아온 미령이는 멈칫 서서 눈살을 찌푸렸다. 지독한 구린내 때문에 더 이상 달아나는 아이들을 쫓아갈 수가 없었다.

미령이는 안타까운 표정으로 세 아이들을 뚫어지게 바라보다가 중얼거렸다.

"다들 무서워서 도망가 버리는구나."

어깨를 축 늘어뜨린 미령이가 손을 내젓자 꼬리털 세 가닥이 빠져나왔다. 미령이가 손을 앞으로 쭉 뻗으며 꼬리털을 훅 불었다. 그러자 꼬리털 세 가닥이 아이들한테로 휙 날아갔다.

꼬리털은 아이들의 머리 위에 살짝 내려앉았다. 꼬리

털이 닿자마자 아이들의 머릿속에서 그날 있었던 일이 모조리 지워져 버렸다. 꼬리털이 다시 날아오르자 아이들이 어깨를 축 내려뜨렸다. 그 사이에 꼬리털은 위로 날아올라 한순간에 흔적도 없이 사라졌다.

미령이는 몸을 숨긴 채 간절한 눈길로 아이들을 바라보았다. 온몸의 기운이 다 빠져 버린 듯 힘없이 뒤로 물러섰다. 그러다가 등이 담벼락에 닿자 그 자리에 스르르 주저앉았다. 금방이라도 울음을 터트릴 듯한 표정이었다.

"얘들도 친구가 아니었어."

막다른 골목에서 허둥거리던 은채는 눈을 꼭 감고 걸었다. 갑자기 서늘한 기운이 훅 끼쳤다. 차가운 물속에 빠진 느낌에 온몸이 부르르 떨렸다.

은채의 눈앞에 익숙한 길이 펼쳐졌다. 학교 후문 쪽의 뒷길이었다. 길목 한 귀퉁이에 은행나무 한 그루가 서 있었다. 오래전부터 마을을 지킨 당산나무였다. 구린내는 은행나무에서 떨어진 열매에서 풍기고 있었다. 땅바닥으로 떨어진 은행에서 나는 구린내는 초겨울 바람을 타고 퍼지고 있었다.

우우아 아아앙

하지만 은채는 자신이 여기서 뭘 하고 있는 건지 전혀 기억이 나지 않았다. 머리가 아픈 것 같아 이마에 손을 얹었다.

그때 뒤에서 무슨 소리가 들려왔다. 은채는 얼른 뒤를 돌아봤다. 은채의 눈에 어리둥절한 표정으로 골목을 헤매고 있는 하루와 준수가 보였다. 은채는 하루와 준수를 끌어당겼다.

은채의 손길에 하루와 준수가 몸을 부르르 떨었다. 그러고는 느닷없이 나타난 것 같은 길에 얼떨떨한 표정을 지었다. 아이들은 고개를 갸웃하며 서로를 마주 봤다.

하루가 어안이 벙벙해진 얼굴로 말했다.

"여우한테 홀린 기분이야!"

은채랑 준수도 고개를 주억거렸다.

준수와 은채, 하루는 터벅터벅 걸어 집으로 돌아갔다. 아이들은 걷는 내내 각자 자기 생각에 빠져서 아무런 말

도 주고받지 않았다. 그러다가 가끔씩 모든 걸 털어 내겠
다는 듯 고개를 흔들었다. 뒤쪽의 은행나무가 노란 손을
파드닥파드닥 흔들며 아이들을 배웅했다.

8. 새로운 초대장

아이들이 초겨울 찬바람에 몸을 잔뜩 움츠린 채 교실로 들어가고 있었다.

운동장에서 가까운 4학년 1반 교실의 아이들은 삼삼오오 모여 주말에 있었던 일을 주고받고 있었다. 수업 시작 종이 울리자 담임 선생님이 여자아이를 데리고 교실로 들어왔다.

"새로 전학 온 친구란다. 이름은 홍미령. 자, 미령이는 친구들한테 자기소개를 해 볼까?"

"안녕. 얘들아, 앞으로 친하게 지내자."

미령이는 아이들에게 인사를 하고 나서 앞쪽의 빈자리

로 갔다. 자리에 앉은 미령이는 주위를 천천히 둘러봤다. 지난번의 낡은 학교와는 다르게 책상이랑 의자, 교실 천장이랑 바닥이 새것처럼 깨끗하고 반짝거렸다.

친구들아, 우리 집에 놀러와!
토요일 열한 시
재미있고 신기한 이야기 하나씩 들려주기!

미령이는 점심시간 내내 자리에 꼼짝하지 않고 앉아서 책을 읽고 있는 아이를 주의 깊게 살폈다. 미령이의 손에는 초대장이 쥐어져 있었다.

미령이는 자리에서 일어나 책을 읽고 있는 아이에게 천천히 다가갔다. 그리고 아이의 손에 초대장을 건네주며 속삭였다.

"토요일에 뭐해? 우리 집에 놀러 올래?"

아이가 호기심이 가득한 표정으로 초대장을 펼쳤다. 초대장을 읽는 아이를 내려다보는 미령이의 얼굴에 묘한 미소가 번졌다.

친구들은 모두 어디로 갔을까요?

오랜만에 동네 뒷산에 올랐습니다. 올라가며 둘러보니 주위가 온통 재개발로 뒤숭숭했습니다. 높고 반듯반듯한 아파트를 짓겠다는 광고지가 곳곳에 빼곡하게 나붙어 있었습니다. 휘황찬란한 플래카드 속의 아파트는 깨끗하고 살기에 아주 좋아 보였어요.

하지만 산꼭대기에서 멀리 보이는 아파트들은 입을 벌린 커다란 괴물의 이빨처럼 흉물스러웠습니다. 오히려 아파트 옆에 붙어 있는 옹기종기 작은 집들이 예쁘게 보였지요. 사람들의 손때가 묻어 있어서 그런지 알록달록하고 정겹게 느껴졌습니다. 그런 집들을 부수고 새 아파트를 짓겠다고 난리법석이었던 것입니다.

재개발이 확정된 지역에 살던 이웃들은 정든 곳을 버려두고 이사를 갔습니다.

사람들은 텅 빈 집들을 지나치며 몰래 쓰레기를 갖다 버리기도 하고, 냄새가 난다며 코를 싸쥐고 못 본 척 서둘러 발걸음을 옮기기도 했습니다. 그런데 빈집 사이사이에 정든 곳을 차마 떠나지 못한 채 남아 있는 사람들이 있었습니다.

아무도 보이지 않는 골목에서 한 아이와 마주친 적이 있습니다. 친하게 지내던 친구들을 떠나보낸 아이의 얼굴은 외롭고 쓸쓸해 보였습니다. 휑한 골목으로 터덜터덜 걸어 들어가는 아이와 마주친 기억으로 이 동화를 쓰게 되었지요. 아이의 눈빛이 한동안 마음을 아프게 했기 때문입니다.

그 아이에게는 아마도 여러 명의 친구가 있었을 거예요.

누군가에게 받은 선물로 인해 느닷없이 변해버린 엄마 때문에 놀란 친구가 있습니다. 엄마 때문에 속상했던 일이 있던 친구라면 이런 엄마의 모습에 고개가 끄덕여질 것입니다.

휴대폰을 좋아하는 아이도 있습니다. 요즘은 친구와 놀지 않고 휴대폰만 끼고 있는 아이들을 자주 보게 되지요. 휴대폰보다는 곁에 있는 친구에게 좀 더 관심을 가지길 바랍니다.

또 우연한 일로 하고 싶은 말을 다 해 버리게 된 아이도 있습니다. 여러분들 중에 하고 싶은 말을 다하지 못해 걱정인 친구들이 있죠? 하지만 하고 싶은 말을 모두 해 버려도 썩 좋은 것만은 아니랍니다.

『초대장 주는 아이』를 통해 여러분과 만나는 행운을 얻다니 가슴이 두근거립니다. 실망하면 어쩌지 싶어 걱정도 됩니다. 그래도 작은 바람이 하나 있습니다. 이야기를 읽은 후엔 주위에 미령이와 닮은 친구가 있는지 관심을 가지고 살펴보았으면 싶은 거랍니다.

마지막으로 『초대장 주는 아이』를 끝까지 응원해 주신 모든 분들에게 감사하다는 인사를 전합니다.

−이야기 나누고 싶은
어린이 친구를 찾아 주위를 기웃거리는
동화 작가 김경숙

지은이 **김경숙**

1970년 대전에서 태어났다. 2012년 강원일보 신춘문예에 동화가 당선되어 어린이 책을 쓰기 시작했다. 2014년 장편동화 『초대장 주는 아이』로 제12회 푸른문학상을 수상했다.

그린이 **원유미**

1968년 서울에서 태어나 서울대학교에서 산업디자인을 공부했다. 초등학교 〈국어〉 교과서에 실린 동화 「우리는 한편이야」의 그림을 그렸으며, 그린 책으로 『나와 조금 다를 뿐이야』, 『쓸 만한 아이』, 『사람이 아름답다』, 『동생 잃어버린 날』, 『우리는 한편이야』, 『역사 거울, 형제자매를 비추다』, 『너무라는 말을 너무 많이 써!』, 『초대장 주는 아이』 등이 있다.